# ANTI-PARADOXES

OU

# REFUTATION

## DES PARADOXES LITTERAIRES

*Au Sujet de la Tragedie d'Inés de Caſtro.*

Le prix eſt de 12. ſols.

A PARIS,
Chez la Veuve MONGE', ruë Saint Jacques, vis-à-vis le College du Pleſſis, à S. Ignace.

M DCCXXIII.

*Avec Approbation & Privilege du Roy.*

# ANTIPARADOXES
## OU
# REFUTATION
## DES PARADOXES LITTERAIRES
### *Au Sujet de la Tragedie d'Inés de Castro.*

PUISQUE voila les *Paradoxes* devenus à la mode par la critique generale d'*Ines de Castro*, attribuée à M. L. D. F. j'ay envie de refuter sur le même ton cet adversaire de Mr de la Motte. Comme l'ouvrage du satyrique Autheur a été gouté & qu'il a sçu plaire & imposer au Public, toujours partisan des rieurs, il m'a semblé que tout ce que je dirois aujourd'huy pour le rabaisser, pourroit bien aussi avoir l'air de *Paradoxe*. J'en propose quatre à son exemple, où je ne prétens pas seulement dire des choses vraisemblables, comme luy; mais où j'établis solidement des verités. Car le vray, aussi bien que le faux, est du ressort du Paradoxe.

## PREMIER PARADOXE.

*L'Auteur des* Paradoxes Litteraires *a péché contre les regles de la bienséance & de l'équité*

Je demande d'abord s'il sied à un Auteur d'écrire contre sa pensée, & de donner au Public des réfléxions qu'il croit fausses ? Ne doit-on pas porter sur luy le même jugement, qu'on a coûtume de former au sujet de ces Avocats qui se chargent de toutes sortes de Causes, & qui par cette conduitte condamnable se rendent tous les ans l'objet des *Mercuriales*. On peut quelque fois soûtenir le faux ; je l'avoüe, mais il faut le croire vrai ; autrement on pêche contre toutes les regles de la bienséance & de l'équité.

Voici cependant un Ecrivain qui ne se contente pas de soûtenir le faux ; mais qui ose déclarer qu'il juge faux tout ce qu'il va dire. *Les choses que je vais dire sont non-seulement trés-peu conformes à l'opinion du Public ; mais je les juge moy-même trés fausses.* Cette déclaration est sans exemple, & doit naturellement prévenir le Lecteur contre l'Ouvrage, & encore plus contre l'Auteur. *Il y a du plaisir*, dit-t'il, *à masquer l'erreur & à imiter le vray*. Est-ce un plaisir raisonnable ? La maxime est bien Normande.

Aprés tout, on s'aperçoit bien que l'Auteur badine, & qu'il est trés persuadé de la verité de ses *Paradoxes*. On n'est point la dupe de son détour, sur tout quand on voit avec quel feu il attaque M. D. L. M. On sent que la guerre est serieuse, & qu'il se bat tout de bon. Quand on le fait par jeu, & pour rire, on mesure ses coups, on modére sa force, on retient son bras, on ne pousse point son adversaire à outrance. On blâmeroit fort un assaillant, qui dans la sale d'un Maître en Fait-d'armes, se plairoit à enfoncer les dents, & à créver l'œil de celuy contre qui il fait assault.

L'Auteur des Paradoxes parle bien contre sa conscience, quand il proteste, *qu'il seroit au desespoir d'avilir la Tragedie d'Ines de* Castro, & quand il assure, *qu'il n'est point du tout satyrique*. Il n'omet rien pour luy enlever sa réputation si justement acquise, & pour décréditer le Poëte illustre qui en est le pere. Il pique de toute sa force; il mord sans pitié, il poursuit jusqu'aux Partisans de M. D. L. M. auquel il voudroit ôter tous ses amis Litteraires. C'est une guerre de Turc-à-More. Il ose neanmoins dire qu'il n'eſt point *Satyrique.* Quelle charité ! J'avoüe que ce petit air hypocrite eſt plaiſant, & que le tour eſt d'autant plus malin, qu'il ſert à prévenir le Lecteur & à luy faire croire, que la critique pourroit être moins moderée.

Elle eſt cependant bien injuſte en pluſieurs Articles. Elle commence par condamner abſolument la Princeſſe Conſtance comme *une ſotte & une imbecille.* C'eſt ainſi que nôtre Auteur traitte une Princeſſe vertueuſe digne de nôtre admiration. Il faut ſelon luy, qu'une femme mépriſée par celuy qu'elle aime, *ſe gueriſſe ou ſe venge.* Voilà une morale bien corrompuë. Je ſçay qu'elle n'eſt que trop ſuivie ; mais il faut avoüer que s'il y a peu de *Conſtances*, c'eſt l'effet de la dépravation du cœur humain, & qu'il eſt toûjours trés-utile d'expoſer aux yeux des modeles parfaits, quoyque rares. C'eſt en vain que nôtre Critique prête à M. D. L. M. un Syſtême *neuf*, qui eſt de repreſenter les hommes *tels qu'ils ne ſont point, & tels qu'ils ne doivent point être.* On luy répond qu'il ſeroit à ſouhaiter que toutes les femmes amoureuſes fuſſent ſages & maîtreſſes de leur paſſion, comme l'eſt Conſtance. Ce n'eſt point *une ſotte & une imbecille*; puiſqu'elle ſent trés-bien l'affront qu'elle reçoit ; c'eſt une grande ame & une Heroïne, qui ſçait pardonner les injures. Eſt-il possible que l'Auteur des *Paradoxes* ait ainsi décrié de toutes les vertus la plus aimable ? *son amour est à la glace*, dit-il ; C'est donc un grand défaut d'allier l'amour & la raison, & de brûler sagement.

A l'égard des autres Articles du premier *Paradoxe*, je passe condamnation de bonne foy ; mais je soûtiens que ce sont des défauts trés-legers, & qu'il y a eu de l'injustice à les relever avec tant d'application. Pourquoy prendre plaisir à faire apercevoir des taches presque imperceptibles ? Quand des fautes se dérobent aux yeux de tout le monde, c'est une grande malice d'aller les découvrir. C'est humilier le Public en quelque sorte, & mortifier, sans besoin, une Muse accréditée. J'aurois voulu d'ailleurs supprimer les termes de *bevûës*, de *méprises*, & d'autres mots pareils, qui sont trop forts. J'avoüe que ces termes sont bien moins piquans pour M. D. L. M. que toutes les plaisanteries, que fournissent à l'Auteur des Paradoxes la Scene des Conseillers Pleureurs, celle de l'Ambassadeur, qui *sçait haranguer & ne sçait point vivre* ; la Loy imaginaire de Portugal contre les filles amoureuses des Princes du Sang, l'indulgence tardive du bon & mauvais Roy Alphonse, & le dénoüment inespéré de la Piece. La Critique de ces endroits est poussée aussi loin, qu'elle puisse aller,

& si j'étois l'Auteur d'Ines, je serois trés-blessé de tant de railleries. Quand on a une certaine réputation dans le monde, on mérite des égards; Les moqueries sont d'autant plus sensibles qu'on est accoûtumé aux loüanges sérieuses.

L'Auteur des *Paradoxes* a donc violé les regles de la bienséance, lorsqu'il a si peu ménagé l'illustre M. D. L. M. On a tant crié contre cet Auteur, de ce qu'il a critiqué Homere. N'est il pas luy-même l'Homere de nos jours? N'est-ce pas luy qui donne aujourd'huy *le ton*? Avons-nous un Poëte plus fécond? Y a t'il un Academicien plus digne de ce nom? N'est-ce pas l'ornement du Siecle, & nôtre Satyrique peut-il se défendre de convenir que M. D. L. M. a un esprit trés-extraordinaire, & de grands talens. De telles qualités méritent d'être respectées, & un Auteur de ce rang ne doit point être en butte aux traits d'une Critique témeraire. Cet attentat peut être regardé comme une rebellion, comme un crime de Léze-Majesté Poëtique, puisque M. D. L. M. est aujourd'huy sans contredit un des plus grands Princes de la Republique des Lettres.

## SECOND PARADOXE.

### *L'Auteur des* Paradoxes Litteraires *n'a pas fait voir assez d'indulgence dans le choix des Vers qu'il censure.*

Je ne dissimuleray point que la Tragedie d'*Ines de Castro* renferme plusieurs Vers défectueux. Mais je ne sçaurois accorder à l'Auteur des *Paradoxes*, que la plufpart des Vers de cette Piece sont *durs*, *plats*, *prosaïques*, *pleins de solecismes*, *& de barbarismes*. Quelle exageration ? Il l'a sentie luy-même ; car pour se disculper, il dit au commencement de son second Paradoxe : *Qu'il luy a fallu charger sa These, & encherir tant soit peu sur l'opinion génerale, pour donner á sa proposition l'air hardy du Paradoxe.* Il ne suffisoit pas de donner à sa Proposition un *air hardy*, il falloit le soutenir cet air, & c'est ce qu'il n'a point fait, puisqu'il ne reproche pas en tout à M. D. L. M. plus de cinquante mauvais Vers. Est-ce là prouver que *plusspart des Vers de la Tragedie d'Ines de Castro sont durs, plats, prosaïques, pleins de solecismes, & de barbarismes ?*

Je sçay qu'il fait sentir adroittement, qu'il y en a encore beaucoup d'autres mauvais, que ceux qu'il réprend. C'est pour cela qu'il fait semblant de se lasser de *lire de suitte* la Piece, & d'en extraire par ordre les Vers défectueux. Il la quitte au troisiéme Acte, pour *ouvrir*, dit-il, *le Livre au hazard*, & remarquer les mauvais Vers qui de tous côtés luy tombent sous les yeux. Cet artifice est de la derniere malignité; mais il est aisé de juger, que nôtre Satirique a tout épluché, & qu'il n'a pas voulu laisser de quoy glaner aprés luy. S'il avoit découvert quelqu'autre Vers, digne de sa critique, & de ses jronies, il n'auroit pas manqué d'en grossir son Recüeil. Il n'a donc point trouvé d'autres Vers à reprendre que ceux qu'il reprend en effet. Mais je luy demande si cinquante Vers au plus, sont *la pluspart des Vers de la Tragedie d'Ines de Castro.*

Ce n'est environ qu'un trentiéme sur toute la Piece; ainsi l'on peut regarder ce déchet comme la Tare des Marchandises. Il est vrai pourtant que nôtre Auteur par ces paroles, (*Il y a encore dans la Tragedie beaucoup d'autres mauvais vers que ceux que je reprens*,) fait implicitement & en general la critique de tous les Vers défectueux qu'il ne cite point; sans cela pourroit-on l'excuser de n'avoir rien dit des Vers suivans?

*C'est vôtre même Ayeul, dont je vante la Foy,*
*Quy pour l'honneur du Trône en a dicté la Loy.*

*Et jusque sur son sang, s'il se trouvoit coupable,*
*Me força d'en* jurer l'exemple inviolable.

*Jurer un exemple*, & quel exemple ? un *exemple inviolable.*

Mais parmi les Vers qu'il censure, n'y en a t'il aucun qu'on puisse deffendre ? On trouve dans les Caffez des Esprits rares & sublimes, qui justifient par des raisons merveilleuses la pluspart des Vers que l'Auteur des Paradoxes a censurez, ce Vers disent-ils, est si beau.

*Sa vie est tout, Seigneur, & la mienne n'est rien.*

J'avouë qu'il faut un peu nazillonner sur la dixiéme sillable, ou plûtost qu'il est comme impossible de la prononcer, mais c'est une bagatelle. *Terrasser l'insolence*, est une belle metonymie. Il n'y a qu'à apprivoiser son oreille à ces façons de parler. Pourquoy ne peut-on pas appeller les Lauriers des *Couronnes brillantes*? N'est ce pas une belle expression qu'*ordonner d'être heureux* ? La rime *d'abattre* & de *combattre* est-elle sans exemple ? Il est vrai qu'elle ressemble à celle de *revivre* & de *survivre* qui ne vaut rien du tout. Ne peut-on pas dire avec raison, que les Rois sont *les Depositaires de nôtre sang*, puisque c'est à eux à le conserver, à le proteger, à le ménager; nôtre sang nous embarasse, nous le mettons en *dépost*.

*Je sors, mais je crains bien de revenir coupable.*

Ce Vers n'exprime-t'il pas noblement, & avec délicatesse la colere polie & le dépit ingenieux d'un jeune Prince, que son Pere pousse à l'extrêmité? Cet autre Vers:

*De qui m'a resisté la mort m'a fait passage.*

Ne forme t'il pas une image expressive; L'inversion est d'une dureté énergique & admirable.

Il y a encore quelques autres Vers qui pourroient mériter de l'indulgence; mais il faudroit trop de raisonnement pour les justifier. Je craindrois d'ennuyer. Je m'arrête seulement à ces deux beaux Vers du cinquiéme Acte.

*Que j'expire à vos pieds, & qu'unis l'un à l'autre,*
*Mon ame se confonde encore avec la vôtre.*

Nôtre Satirique est un homme scrupuleux. Ce mot *encore* le scandalise. Sa conscience timorée ne le peut souffrir, parce que cela luy fait venir de mauvaises pensées. *Ce mot est licencieux*, dit-il, *& il rapelle les Vers de Petrone*;

il veut parler apparemment de ces Vers Endecasyllables.

*Qualis Nox fuit illa dii deæque !*
*Quam mollis thorus ! &c. ... & transfudimus, &c.*

En verité, l'Auteur des *Paradoxes* est un Censeur bien rigoureux. Rien ne luy échape ; un petit mot qui semble indifferent, une petite particule cachée, & enfoncée modestement dans le milieu d'un Vers, il va la chercher, la déterrer, & la produire au grand jour, pour y faire appercevoir un sens impur & licencieux. Cent personnes ont lû ces deux Vers sans faire cette remarque ; On va dire désormais qu'il y a des ordures dans la Tragedie d'*Ines de Castro.* Quel beau champ pour les Devots ? Les Religieux & les Religieuses ne la voudront plus lire. Nôtre Satirique songe, comme on voit, à décrier M. D. L. M. de tous les côtés. Il craint que sa réputation si bien établie dans le monde ne pénétre dans les Cloîtres. Il le veut faire passer pour un Auteur obscéne.

Remarquez encore l'artifice de nôtre Auteur. Pour faire croire qu'il n'est pas un Censeur impitoyable, qu'il écrit sans passion, & qu'il sçait rendre justice, il finit son second Paradoxe, en avoüant que *le Lecteur trou-*

*vera dans la Tragedie d'Ines de grandes beautés, & des Scenes parfaites, sur-tout la quatriéme du premier Acte, & la sixiéme, avec la seconde Scene du quatriéme Acte.* Qui ne croira pas après cela, que c'est un Critique sans prévention, qu'il sçait loüer ce qui est digne de loüange ? Tout cela sert à prévenir en sa faveur, & à accabler le célebre M. D. L. M. auquel il accorde par grace trois belles Scenes. Sa liberalité est un peu étroite ; mais c'est encore beaucoup pour un Censeur aussi rigide, qui, je crois n'a jamais fait de grandes dépenses en Eloges.

## *TROISIE'ME PARADOXE.*

*L'Auteur des* Pardoxes Litteraires *avance temerairement, que M. D. L. M. écrit mal en Prose.*

Si l'Auteur des *Paradoxes* s'étoit contenté de faire remarquer quelques sens louches, quelques termes précieux dans *l'avis*, & dans la *Préface*, qui sont à la tête de la Tragedie *d'Ines de Castro*, sa critique auroit été raisonnable, & quoyqu'elle n'eut peut-être pas eu alors un air de *Paradoxe*, elle eut eu en recompense un air de verité. Mais nôtre Satirique aime mieux attaquer le sentiment général ; car bravant toutes les regles de la pudeur & de l'équité, il ose avancer que *c'est par un prejugé trés-mal fondé, qu'on croit dans le monde que M. D. L. M. écrit bien en Prose.* Il a, dit-il, toûjours *pensé le contraire*; c'est-à-dire, qu'il n'a point été éblouïi du titre d'*Academicien François*, que M. D. L. M. soûtient depuis plusieurs années avec tant de gloire, & qu'il a mérité non-seulement par le fameux Recüeil de ses Odes, (qui n'ont d'autre tache, que d'avoir remporté le prix des jeux Floraux;) mais encore par des Pieces trés-éloquentes, couronnées avec éclat; c'est-à-dire, qu'il s'est mis peu en peine des suffrages de cent beaux esprits de nôtre siecles, & sur tout de mille petits Auteurs naissans qui le considerent comme un modele; c'est-à-dire encore qu'il a regardé le Tribunal de l'If comme aveugle & partial.

L'Auteur des *Paradoxes*, dit avec raison, qu'on peut bien écrire sans avoir le stile de certains Auteurs estimés, & qu'il y a differens stiles qui sont tous excellens. En effet il en est des Auteurs, comme de plusieurs femmes, qui toutes sans se ressembler peuvent être belles ou jolies; celle-cy a les traits reguliers, celle-là ne les a point; mais elle a un air piquant, qui vaut mieux; l'une est d'une taille majestueuse & d'une phisionomie noble & aimable, l'autre est petite & a une vivacité naturelle, &c. On ne finiroit point si on vouloit décrire les differens genres de beauté & d'agrément qui conviennent aux femmes ; On ne finiroit point aussi, si on entreprenoit de caracteriser le different merite des bons Ecrivains.

Nôtre Auteur ajoûte, que pour bien écrire, il y a néanmoins des regles invariables, *il faut*, dit-il, *de la clarté, & de la simplicité, de la pureté & de l'élegvnce.* Il a oublié *la justesse* & *la précision.* Apparemment qu'il les comprend dans *la clarté* ; quoyqu'il y ait bien de la difference. Il accorde *l'élegance* à M. D. L. M. c'est déja quelque chose. Mais il luy refuse les autres qualités. A l'égard de *la justesse* & de *la précision*, il n'en fait point mention exprés, parce qu'il n'auroit pû se dispenser de convenir que c'est le fort de M. D. L. M. Admirez en cela la souplesse du Critique. Il n'a point *la clarté*, dit-il, parce que son stile est *épigrammatique*. La consequence est-elle juste ? S'il eut dit que son stile est énigmatique, il auroit mieux conclu. Un stile épigrammatique n'est point un stile *obscur*. C'est une façon d'écrire où regne la précision, & où le sel & le poivre piquent sans cesse, c'est un stile qui donne aux Lecteurs éclairez le plaisir penible de l'intelligence. Il ajoûte, que M. D. L. M. & ceux qui l'imitent *courent aprés les pensées & les antitheses, que leur stile est toûjours figuré, que tous les substantifs*

*stantifs y sont personifiez, ( ce qui sent la Poësie ) qu'ils se servent d'un langage singulier.... Parconsequent point de simplicité.* C'est donc un grand défaut que de penser singulierement ; mais peut-on reprocher les antitheses à M. D. L. M ? Les pures antitheses de mots sont méprisables ; il est vrai ; mais les antitheses de pensées distinguent les bons Ecrivains ; c'est ce qu'on appelle la symmetrie du discours, & c'est ce que M. D. L. M. & tous les Partisans du *stile Moderne* affectent le plus qu'ils peuvent. *Leur stile est figuré*, Je l'avoüe ; c'est par-là qu'une belle imagination se peint. L'art d'écrire peut se passer aussi difficilement de figures, que la Peinture de couleurs. *Tous les Substantifs y sont personifiez.* Si cela étoit vray, j'avoürois que *leur stile sent la Poësie* ; mais celui de M. D. L. M. est éloigné de cette affectation. Il ne *personifie les Substantifs*, que de temps en temps, & à propos ; autrement ce seroit un Auteur guindé, enflé, ampoulé, ce qu'on ne sçauroit luy reprocher. Enfin on impose à M. D. L. M. & à ses adherans *d'inventer des termes, de faire des constructions bizarres & inoüies, & de se mettre peu en peine du respect dû à la langue.* Quelle invective ! Si elle étoit bien fondée on avoüroit que M. D. L. M. écrit trés-mal ; mais il s'en faut un peu qu'il soit coupable de ces excez.

L'Auteur des *Paradoxes* par une erreur qu'on ne peut pardonner qu'à luy seul, s'est represénté icy M. L. H. à la place de M. D. L. M. parce qu'il y a en effet quelque ressemblance dans le style de ces deux rares Ecrivains. Nôtre Auteur, par un certain trait qui luy échappe en cet endroit, se décele sans y penser, & fait voir assez, que M. L. H. ne luy doit pas avoir beaucoup d'obligation. Quoyqu'il en soit, il reproche injustement à M. D. L. M. *d'inventer des termes nouveaux*. L'accusation est absolument sans preuve, si l'on excepte quelque terme d'art, comme le mot de *Fabuliste* & autres pareils. A l'égard *des constructions barbares*, Je ne les ay point remarquées. Mais il arrive icy, ce qui arrive à toutes les sectes; on confond le Maître avec les Disciples.

L'Auteur des Paradoxes vient ensuite au détail, & se met à examiner la Prose, qui accompagne la Tragedie d'*Inès*. *L'Avis* qui est à la tête, est, dit-il, un Enigme. Je m'étonne qu'il n'ait pas dit, comme une certaine femme d'esprit, que c'étoit l'Enigme du mois d'Août, & que sa place étoit dans le *Mercure*. J'avoüe que cet *avis* est un peu envelopé. Mais il ne s'agit pas ici d'un *avis* pour la Lotterie, d'une Affiche pour la vente d'une Terre, ou pour une Enchere. Il est question d'un avis important, & de faire sçavoir au Public que feu M. le Cardinal Du Bois, premier Ministre du Royaume, étoit le bon ami de M. D. L. M. & que c'est pour cela que la Tragedie d'*Inès de Castro* luy avoit été dediée ; que la mort de son Eminence a dérangé le projet, parce qu'il est contre la bienséance de dédier à un Mort. En effet les Morts ont plus besoin de Prieres, que de Dédicaces. Voilà tout ce que signifie l'*Avis* dont il est question. Il eut été fort plat d'énoncer cela clairement, il a fallu le voiler un peu. Voulez-vous qu'un Auteur qui publie un *Avis*, parle comme un autre homme ? Encore faut-il se distinguer un peu du Vulgaire.

Nôtre Auteur se livre à des réflexions de Puriste au sujet de la Préface. Il ne veut pas qu'on puisse *jetter de l'obscurité & de la bassesse sur une Phrase*, ny qu'on puisse appeller la sensibilité d'un Poëte, une *délicatesse Poëtique*. Si on examinoit le stile des *Paradoxes Litteraires* avec la même rigueur, il seroit bien difficile de n'y trouver pas de pareilles fautes. Il y a plus de malignité que d'équité dans ses autres remarques. Car à quoy bon ramener icy le *Pleonasme décidé* ? Faut-il reprocher éternellement à M. D. L. M. le goût de ses Fables ? Pourquoy ne les pas laisser en paix chez le Libraire, où elles reposent, en attendant nôtre converſion. Car un jour viendra ſans doute, que ces *Fables* ſeront au moins miſes à côté de celles de *La Fontaine*. Mais il faut pour cela attendre patiemment ; & ſi cela arrive, comme je n'en doute point, pourquoy *Romulus*, *les Macabées*, & *Inès* cederont-ils le pas à *Pompée*, à *Cinna* & à *Andromaque* ?

Pradon, dit nôtre Satirique, faiſoit autrefois ſes Tragedies *telles qu'il étoit capable de les faire ; qui doute*, ajoûte-t'il, *que M.* D. *L. M. ne faſſe de même ?* C'eſt ainſi qu'il releve ces paroles innocentes de la Préface ? *Voilà donc ma Tragedie, telle que je l'ai faite, & telle que je ſuis capable de la faire.* Il y a cependant bien de la difference entre la *capacité* de M. D. L. M. & la *capacité* de Pradon ; l'un a preſque toûjours été ſifflé, & quand il mourut, un de mes amis luy fit cette Epitaphe qui n'a jamais été publiée.

*Cy gît le Poëte Pradon,*
*Qui plus de quarante ans, d'une ardeur ſans pareille,*
*Fit, à la barbe d'Appollon,*
*Le même metier que Corneille.*

Et en Latin.

*Hic jacet infelix Prado, qui Luſtra per octo*
*Corneli, Phœbo parcente, exercuit artem.*

Certainement on ne peut pas dire de même, que M. D. L.M. faſſe, *à la barbe d'Apollon*, le métier de Corneille. Il honore autant nôtre Théatre que l'autre l'a deshonoré. En un mot on peut dire de luy, que c'eſt un *troiſiéme Corneille*.

Heureuſement pour M. D. L. M. la Proſe que nôtre Satirique avoit à cenſurer eſt fort courte ; mais il veut *qu'on juge par cet eſſai de ce qui arriveroit, ſi le champ étoit ouvert.* L'Auteur des *Paradoxes Litteraires*, qui au commencement de ſon Ouvrage a paru Normand, paroit icy un peu Gaſcon : en tout cas on luy propoſe le défi ; on pourra ſur toutes choſes juſtifier M. D. L. M. auſſi aiſement, qu'on le fait icy ſur la Tragedie d'*Inés*.

## *QUATRIE'ME PARADOXE.*

*M. D. L. M. n'a point fait paroître de vanité dans l'Avis & dans la Préface qui ſont à la tête de la Tragedie d'Inés de Caſtro, & il y a traitté ſes Adverſaires avec beaucoup de menagement.*

Je contredis icy formellement le quatriéme *Paradoxe* de nôtre Satirique. Je ne m'arêterai point à prouver que M. D. L. M. a pû, ſans bleſſer la modeſtie, apprendre au Public que M. le Cardinal Du Bois l'honoroit de ſon amitié; ç'a été plûtôt faire l'Eloge de ce Miniſtre que le ſien. Deſpreaux dans une de ſes Préfaces parle des bontés que M. de Lamoignon avoit pour luy. N'eſt-ce pas à peu prés la même choſe? S'il y avoit encore aujourd'huy quelque Cardinal qui protegea les Lettres, comme feu M. le Cardinal Du Bois, il me ſemble qu'il ſeroit à propos de le publier pour l'honneur du Sacré Collége, & pour la gloire des Sciences.

Un homme n'eſt guere vain, quand il en fait naïvement l'aveu. On ne peut donc pas reprocher ce défaut à M. D. L. M. parce qu'il avoüe qu'il a un peu de cette *vanité* qui eſt naturelle à tous les hommes. *Une petite vanité le preſſe*, dit-il, *mais il la remet à une autrefois*. Remarqués qu'il réprime genereuſement cette *petite vanité* dont il convient. Au moins *il la remet à une autrefois*; que cette ingenuité eſt aimable & vertueuſe! Le Lecteur peut bien compter qu'il la *remettra* toûjours cette petite vanité, & qu'il ne la fera jamais paroître, malgré la *tentation qui l'en preſſe*.

On luy fait un crime d'avoir comparé la Comedie d'*Agnés de Chaillot* au Virgile Burleſque de Scaron. Il égale, dit-on ſa Tragedie à l'*Eneide*. Quand il l'auroit fait luy, qui n'eſt pas perſuadé qu'un Copiſte d'Homere puiſſe avoir un grand merite, en quoy, je vous prie, auroit-il fait paroître de la *vanité* ? C'eſt être vain que de ſe préférer ou de s'égaler à des Auteurs, qu'on regarde comme parfaits. Si M D. L. M. conſidere Ronſard comme un Poëte médiocre, il peut fort bien ſe croire ſon égal. De même auſſi on peut dire que, ſi M. D. L. M. qui n'eſt point Partiſan des Anciens, s'égale à Virgile qu'il eſtime peu, il le fait ſans en tirer aucunevanité.

L'Auteur des *Paradoxes* fait ſemblant de ménager M. D. L. M. en rejettant ſur ſes amis le principe de la *vanité* qu'il luy impute. Selon luy, ils l'*etourdiſſent* ſans ceſſe de leurs éloges, ils l'*étouffent*, ils l'*enyvrent* par la vapeur de leur encens groſſier ; ils luy rendent une eſpece de culte idolatrique ; peut s'en faut que nôtre Satyrique ne le compare *au Bouc du Sabat*. Plût à Dieu que l'Auteur Critique fut d'humeur de ſe rabaiſſer quelque fois à *ces Reduits Litteraires* dont il ſe moque ! il verroit, qu'on y eſt plus équitable, qu'il ne penſe, & qu'on n'y donne à l'Auteur d'*Inés* que les loüanges qu'il merite. Il verroit qu'on ne s'y occupe qu'à ſécoüer le joug des Préjugez, que les grands noms n'y impoſent point, & qu'on y fait le Procez à

Racine & à la Fontaine, comme à Ronsard ou à Homere.

A l'égard de l'aigreur, qu'on reproche à M. D. L. M. d'avoir témoignée contre ses Adversaires, il m'est aisé de le justifier. Il pouvoit sans doute foudroyer les Censeurs de sa Tragedie & les réduire en poudre, il pouvoit faire voir clairement que la Critique précoce du *Spectateur François*, est une vaine déclamation, sans ménagement, sans justesse, sans solidité. Il pouvoit montrer que l'Auteur est un Spectateur plus *Suisse* que *François*, qui a blasphemé ce qu'il ignoroit. Cependant M. D. L. M. s'est abstenu de tous ces reproches; il s'est contenté de dire modérement: que le Spectateur étoit prévenu (car c'est ce que veut dire le terme de *Passionné.*) Il est vray qu'il luy impute de *la mauvaise foy. Je persiste*, dit-il, *dans la resolution d'en user toûjours de même avec des Censeurs passionnés & de mauvaise foy.* Mais par là il entend seulement que le Spectateur s'est plûtôt attaché aux défauts, qu'aux beaux endroits de sa Tragedie. M. D. L. M. ajoûte, que *pour ramener les hommes à l'amour de la raison & de la vertu; il faudroit mépriser jusqu'aux talens, qui osent en violer les regles.* Y eut-il jamais une plus belle maxime? Cependant l'Auteur des *Paradoxes* la releve ainsi avec malignité;

*c'est-à-dire que les Censeurs de M, D. L. M. sont insensez & malhonnêtes gens.* Ce n'est pas neanmoins ce que prétend l'Auteur d'*Inés* qui est un homme poli, & débonnaire. C'est plûtôt une Sentence, un Apophtégme, une maxime génerale qui s'est trouvée malheureusement au bout de sa plume, en achevant d'expliquer briévement sa pensée sur *les Sentimens du Spectateur François.*

M. D. L. M. est si éloigné de croire que ces Epithetes conviennent à ses Censeurs, qu'il avoüe luy-même dans sa Préface que *des Gens d'esprit luy ont fait des Objections qui l'ont ébranslé.* Ces Gens d'esprit qui faisoient des Objections sur sa Tragedie, n'étoient-ce pas des Censeurs ? Cependant il les appelle *Gens d'esprit*; vous voyez donc, que selon M. D. L. M. même *des Gens d'esprit* critiquent sa Piéce. Pourroit-il en effet penser autrement sans en être entierement dépourvû ? Il est facheux que six ou sept lignes de sa Préface ayent ainsi révolté le Public, qui n'abonde bas en benignes interpretes.

Nôtre Censeur passionné pour les Ecrits Critiques & Polemiques, impute à M. D. L. M. de haïr ce genre d'écrire. *Il hait*, dit-il, *la critique à l'excés, à peu prés comme les Marchands haïssent un trop grand jour contraire au débit de leurs Etoffes.* C'est ainsi qu'il loge l'Auteur d'*Inés* dans un Magazin de la Hale,

& qu'il en fait un indigne Fripier, plûtôt qu'un honnête Marchand. Non, M. D. L. M. ne hait point la critique à l'excés, mais il est persuadé qu'il est bien fâcheux d'avoir fait les frais d'un long Ouvrage, de l'avoir composé avec soin, d'avoir été d'abord applaudi, & de se voir aprés cela en butte aux moqueries d'une Critique malicieuse. Il ne trouveroit point mauvais qu'on fit quelques Remontrances modestes, quelques Objections respectueuses, quelques Remarques honorables sur sa Piéce; Mais un Censeur est bien embarassé, & il aime mieux quelque fois courrir le risque de mortifier l'Auteur qu'il attaque, que de s'exposer par ses ménagemens, à n'estre lû de personne.

La seconde Edition *d'Inés de Castro* paroit. L'Auteur n'a rien rien changé dans sa Tragedie, & il a bien fait. Il n'ignore pas qu'elle est pleine de fautes grossieres, & que plusieurs Vers sont prosaïques, plats, durs, & barbares; mais, comme le Public les a reçûs sur ce pied là, & qu'il a consenti qu'ils fussent tels, *le respect* que M. D. L. M. *a pour le Public*, dont il se croit admiré avec raison, ne luy a pas permis d'oser reformer sa Piece, qui d'ailleurs n'est que trop bonne pour notre Siécle.

FIN.

## *APPROBATION.*

J'Ay lû par l'ordre de Monſeigneur le Garde des Sceaux, un Manuſcrit qui a pour Titre *les Anti-Paradoxes, ou Réfutation des Paradoxes Litteraires*, & j'ay crû que l'Impreſſion en pouvoit être permiſe. Fait à Paris, ce 18. Septembre 1723. Signé, DANCHET.

## *PRIVILEGE.*

LOUIS par la grace de Dieu, Roy de France & de Navarre : A nos amez & feaux Conſeillers les Gens tenans nos Cours de Parlement, Maiſtre des Requêtes ordinaires de noſtre Hôtel, grand Conſeil, Prevot de Paris, Baillifs, Senechaux, leurs Lieutenans Civils & autres nos Juſticiers qu'il appartiendra, SALUT. Notre bien-amée la VEUVE MONGE' Libraire à Paris, Nous ayant fait ſupplier de luy accorder nos Lettres de permiſſion pour l'impreſſion d'un Livre intitulé *Les Antiparadoxes au ſujet de la Tragedie d'Inés de Caſtro* qu'elle ſouhaiteroit faire imprimer & donner au Public : Nous avons permis & permettons par ces Preſentes à ladite Veuve Mongé de faire imprimer ledit Livre en tels Volumes, forme, marge, caractere conjointement ou separement, & autant de fois que bon luy semblera, & de le vendre, faire vendre & debiter par tout notre Royaume pendant le temps de trois années consecutives, à compter du jour de la datte desdites Presentes. Faisons deffenses à tous Libraires, Imprimeurs & autres personnes de quelque qualité & condition quelles soient d'en introduire d'impression Etrangere dans aucun lieu de notre obéïssance : A la charge que ces Presentes seront enregistrées tout au long sur le Registre de la Communauté des Libraires & Imprimeurs de Paris, & ce dans trois mois de la datte d'icelles ; que l'impression de ce Livre sera faite dans notre Royaume & non ailleurs en bon Papier & beaux Caracteres conformément aux Reglemens de la Librairie ; & qu'avant que de l'exposer en Vente le Manuscrit ou Imprimé qui aura servy de copie à l'impression dudit Livre sera remis dans le même état ou l'approbation y aura esté donnée és mains de nostre trés cher & feal Chevalier Garde des Sceaux de France le Sieur Fleuriau d'Armenonville, & qu'il en sera ensuite remis deux Exemplaires dans notre Biblioteque publique ou dans celle de notre Château du Louvre, & un dans celle de notredit trés cher & feal Chevalier Garde des Sceaux de France le Sieur Fleuriau d'Armenonville, le tout à peine de nullité des Presentes : Du contenu desquelles vous mandons & enjoignons de faire joüir l'Exposante ou ses ayans cause pleinement & paisiblement, sans souffrir qu'il leur soit fait aucun trouble ou empêchement; Voulons qu'à la copie desdites Presentes qui sera imprimée tout au long au commencement ou à la fin dudit Livre, foy soit ajoûtée comme à l'original : Commandons au premier notre Huissier ou Sergent de faire pour l'execution d'icelles tous Actes requis & necessaires sans demander nostre permission, & nonobstant clameur de Haro, Charte Normande & Lettres à ce contraires : Car tel est nostre plaisir. DONNE' à Paris le vingt-roisiéme jour du mois de Septembre, l'an de grace mil sept cens vingt-trois, Et de notre Regne le neuviéme. Par le Roy en son Conseil.

DE SAINT HILAIRE.

*Registré sur le Registre V. de la Communauté des Libraires & Imprimeurs de Paris, page* 359 nº 652. *conformément aux Reglemens & notament à l'Arrest du Conseil du* 13. *Aoust* 1703. *A Paris, le* 28. *Septembre* 1723.

BALLARD, Sindic.

www.ingramcontent.com/pod-product-compliance
Ingram Content Group UK Ltd.
Pitfield, Milton Keynes, MK11 3LW, UK
UKHW020524230726
13925UKWH00005B/2230

9 782014 01956